高明 著

劲草集

北京燕山出版社

高明，男，二十世紀七十年代生人，籍貫天津武清。先後就讀於華北電力大學、北京廣播學院、北京行政學院、四川大學。曾在新聞媒體任職，現在北京從事宣傳教育工作。工作之餘，筆耕不輟，酷愛讀書，尤喜詩詞，最大心願是「以古體詞記録當代事」，閱古今風雲，留時代烙印。

詩意頑强

庚子年春節至今，人們過得心驚肉跳，牽腸掛肚。

這全是被「新冠肺炎」鬧騰的。

於是，口罩成爲最搶手的年貨。男女老少皆戴口罩，街上見了面挺怪异的，平常再熟的人，也不敢認。即使認出來，也不握手，改行抱拳拱手的老禮。

熱戀中的男女，再火熱也不能衝昏頭腦，眼神交流代表一切，最含蓄也最安全。酒店飯館也顯冷清，誰都不敢到人多的地方去，交叉感染可不是鬧著玩兒的。

爲了應對突如其來的疫情，從醫務人員到專家學者、社會志願者，還有解放軍戰士等等，從四面八方奔向武漢，他們是逆行的勇士，是和平年代的英雄。我熱淚盈眶地向他們致敬，并默默爲他們祈禱，爲他們歌唱。

而高明的確高明，他手中有一支會歌唱的筆，可以將內心的千種思緒、萬般情感寫成菩薩蠻、南鄉子一類的作品，以表達他對「逆行勇士」和「新時代英雄」的禮贊。

春節前後，我在往返老家延慶和城裏

的路上，讀到高明的兩首詞，都是寫抗擊疫情的：「神州肆虐陰霾籠，蒼生色變肝腸痛。千戶覓良方，舉國誅孽忙。」詞的末尾，都標明「於京哈高速路上」。想來，高明是在往返回家路上寫的。由此可見，高明的赤子情懷，還有詩人心性。

我和高明認識近二十年了，前些年見面多一些，近些年見面少了。但不管見不見面我心裏都惦念他都關注他挺想他的有時，高明在朋友圈發一些詩詞，我每首都看，看得很認眞，也很享受，每每收藏幷轉發。雖然我沒有在微信上點贊，但內心裏點了很多贊，衹是他不知道而已。

高明的詞題材頗廣，路數也寬，走到哪兒寫到哪兒。家住北京，寫北京自然多出了。北京，他寫河北的北戴河，寫山東的曲阜，寫河南的開封，寫山西的大同，一直寫到新疆的和田，寫到西藏的拉薩。正可謂：讀萬卷書，行萬里路，寫萬種詩。他還寫包拯、文天祥、戚繼光，表達拳拳愛國心。兒子十五歲生日，高明寫訴衷情：「無災無難，何必公卿，不負韶華！」侄女上大學離家，高明寫長相思：「鐵杵成針書海游，臨別幾許憂。」這些情眞意切的詩詞，我吟咏再三，柔腸百轉，感動不已。

我覺得詩詞是文學史上最獨特的表現形式之一，深受人民群衆喜愛。從古至今，上至王公貴族，下至黎民百姓，都是愛詩詞的。興之所至，還可以隨口創作，一不留神還成了千古絕唱。比如劉邦的大風歌，比如項羽的垓下歌，比如荊軻的易水歌，祇三五句，便流傳千古。還比如詩經、漢樂府，還有歷朝歷代很多無名氏，勞作時你一言我一語，創作出口口相傳的民歌，大俗大雅，意顯旨遠，勝却無數文人騷客。這一大批好讀好懂又好唱的詩詞，都是中華民族詩詞寶庫中最膾炙人口、最光彩奪目的藝術瑰寶。

近年春節期間，中央電視臺兩檔很有品位的文化節目火了。爲什么能火，就在於這兩檔節目，既陽春白雪，又下里巴人，上能進殿堂，下能入田舍。這就是中國詩詞大會和經典咏流傳。這說明，詩詞早已融進中國人生活裏，早已深入中華民族血脈中。

不知不覺，詩詞這種妙不可言的文化產品，在靜靜給我們輸氧，在悄悄爲我們補鈣。精神變物質，物質變精神。我們在創作詩詞，詩詞也在營養我們。一個與詩詞相依爲命的民族，是任何敵人也打不垮的，也是任何病毒殺不死的！這不僅僅是優秀文化的自信，更是崇高人格的頑强。

這本詞集，名曰勁草集。勁草，這名字眞好。草是最尋常的，也是最非凡的；草是最不起眼的，也是最了不起的。因爲，草總是匍匐著身子，深深深植根泥土。所以，草永遠斬不盡，永遠殺不絕。祇要有春天，草就活著，就會春風吹又生，就有草長鶯飛，就有碧草連天。因此，也就有詩意而頑强的勁草集，也就有詩意而頑强的草民。

有時我也在想，詩詞到底有什么用？既不能當飯吃，也不能當房子住，更不能當飛機開。可細一想，詩詞雖不是飯，却有營養；雖不是房子，却是家園；雖不是飛機，却能帶人翺翔。

愛詩詞的人，貧而不俗，苦中有樂，窮且益堅。愛詩詞的人，是祥和的，是高貴的，是幸福的美好人生的最高境界，應該是詩意而頑强的人生；偉大民族的最高境界，應該是詩意而頑强的民族；和諧社會的最高境界，應該是詩意而頑强的社會。

這就是我讀好友高明的詞集受到的一點啓示，產生的一些聯想。

遠山

庚子年三月

目錄

戊戌年

丁酉年

訴衷情

鐘靈毓秀意綿長，天地祭玄璜〔一〕。
春山秋水漁獵，秦漢却尋常。
和氏璧，譽八方，藺公强。
負荆知懼，屈體〔二〕推崇，聰敏光芒。

丁酉年正月初七觀國家博物館中國玉器展後

注〔一〕玄璜：用墨色的玉璜來祭祀北方之神玄武。〔二〕屈體：彎屈身軀，降低身份。

長相思

東軒堂，西軒堂。
入夜寒風吹畫梁，孤燈伴冷窗。
雁成雙，人成雙。
兩壁鴛鴦思斷腸，胭脂縷縷香。

丁酉年正月十八於北京

采桑子

盧溝曉月春常早，流水百花。
朝起桑麻，祖上傳承落日斜。
浮沉一世終將去，正氣人家。
咫尺天涯，却看潮頭浪涌沙。

丁酉年三月初八清明於北京綠堤公園

采桑子

疾風號怒雲天聳，世紀滄桑。百煉精鋼，鐵水湯湯夜未央。倏然一夜花齊豔，過剩殘陽。供給[一]圖强，且看揚帆鑄脊梁。

丁酉年四月初於北京首鋼集團

注

[一]供給：即供給側結構性改革，指調整經濟結構，使要素實現最優配置。

浣溪沙

執掌木鐸〔一〕民所崇，學爲人父化平庸，

行爲世範〔二〕益無窮。

薪火相傳肩任重，承前啓後貫長虹。

挺拔昂首字崢嶸。

丁酉年四月初八於北京師範大學

注〔一〕木鐸：比喻宣揚教化的人。〔二〕行爲世範：「學爲人師，行爲世範。」爲北京師範大學校訓。意思是老師應努力做學問，樹立好形象，爲世人做典範。

采桑子·緬懷馮玉祥將軍

七星〔一〕慈善凌空勢，疊秀柏檀。
景勝靈岩，石刻摩崖起亙瀾。
首都革命〔二〕驅皇室，蕩寇邊關。
一統民安，詩體丘八〔三〕所倡篇。

丁酉年四月於北京石景山慈善寺

注〔一〕七星：從主峰上俯視慈善寺，呈現出北斗七星狀。〔二〕首都革命：又稱北京政變，一九二四年十月由馮玉祥發動，將清室遷出紫禁城。〔三〕丘八：丘和八連在一起是「兵」字，指當兵的人寫的詩，這裏是馮玉祥對自己作品的戲稱。

如夢令

飛雪鳥鳴宮苑，落日人行郵電。何物訴衷腸，却是厚德天綫。鴻雁[一]，鴻雁，知與月明魂斷。

丁酉年四月於北京郵電大學

注［一］鴻雁：北京郵電大學的校徽，以鴻雁象征郵，以半圓形天綫象征電。

臨江仙

滔滔灤河今古爍，千年燕趙名城。煌煌風韻聖人生。紫金奉寶地，書院薈賓朋。

夷齊讓賢〔一〕揚後世，一時英后〔二〕才能。青龍起舞品傳承。今朝方破浪，明歲績登峰。

丁酉年四月初六勞動節於河北灤州

注

〔一〕夷齊讓賢：孤竹國的國君立詔，要傳位三子叔齊，叔齊想給大哥伯夷，二人互讓不就。〔二〕英后：英后指遼國的蕭燕燕，在遼景宗死後以皇后身份臨朝二十七年，在灤河岸邊將遼國政治、經濟、文化推上巔峰。

南鄉子

母愛大於天，身孕三月俱善言。
教子有成説孟母，三遷，茹苦含辛勵志堅。
游子進他鄉，最是兒勞母不安。
帳外帽衫床上綫，年年，縱使花甲也幼男。

丁酉年四月十九日母親節於天津

青玉案·端午

端陽登頂櫻珠樹。萬點紅，香飄戶。
坐地觥籌陳釀酒。盤絲彩綫，論今談古。
一曲群英舞。
美人香草（一）中華祖。法度修明侍强楚。
興嘆離騷千里路。金籠倦鳥，玉池困物，
揮斥朝天處。

丁酉年五月初五端午節於北京順義

注

〔二〕美人香草：出自東漢王逸離騷序「離騷之文，依詩取興，引類譬諭，故善鳥香草以配忠貞……靈修美人以媲於君」。後象征忠君愛國的思想。

訴衷情

攜雷馭電九天翔，欣悅探京航。
幽深寰宇逐夢，揮灑少年狂。
心有夢，志無疆，懼滄桑？
攬衣獨立，千頃烟波，漫捲夕陽。

丁酉年五月初六於北京航空航天大學

采桑子

寰球小小千言地，萬壽相擁。
幷蓄兼容，舌巧如簧辯西東。
師夷長技滌生[一]願，兩世[二]英雄。
歲月崢嶸，幾代圖强砥礪中。

丁酉年五月於北京外國語大學

注 [一]滌生：晚清名臣曾國藩，字滌生。[二]兩世：曾國藩與次子曾紀澤。曾紀澤是清代著名外交家，學貫中西。

長相思

漢石橋，旱石橋。
蘆葦叢叢伴柳梢，倏忽風怒號。
雄鷺遙，雌鷺遙。
拂水高飛起弄潮，相會到碧霄。

丁酉年五月二十四日父親節於北京順義漢石橋濕地公園

鵲橋仙

紅蓮舒捲，浮萍飄蕩，夕下卿卿欄倚。
愛知亭內訴衷腸，却轉瞬、離別千里。
交融世界，通達今古，馳騁中原大地。
河山險阻正當時，爲君苦、重逢之際。

丁酉年六月畢業季於北京交通大學

浪淘沙

龍脈匿温泉，懷璧橋邊。九華兮秀[一]夙求源。
誰憶當年樓館事，逸豫獨歡。
疾患[二]寢難安，似水流年。時無重至玉池間。
若谷子瞻[三]擘妙筆，一笑成仙。

丁酉年六月於北京昌平小湯山觀郭沫若詞後

注 [一]九華兮秀：傳説小湯山建湯泉行宮，山巔北崖上鐫刻有「九華兮秀」四個字，爲乾隆皇帝御墨。[二]疾患：二〇〇三年爲抗擊非典，北京建成小湯山醫院。

[三]子瞻：蘇軾，字子瞻，爲人率真，生性放達，虛懷若谷，淡泊明志。

清平樂

美美與共〔一〕，金字隨風動。
盛世花開團結頌，知與行合爲重。
湖畔書卷飄香，陽光幾片金黄。
誰料驟然急雨，芰荷魚戲池塘。

丁酉年六月二十二日於中央民族大學

注〔一〕美美與共：出自費孝通先生寫的「美美與共」和人類文明一文，這裏指各個民族優秀文化互相包容，互相學習。

南鄉子

避暑譽搖籃，滄海茫茫入九天。
鷹角倚亭[一]，凝浴日奇觀，曾羨長河落日圓。
天地腹中寬，駭浪無憂見渡船。
放眼世俗多少事，隨緣，戲水沙鷗捲亘瀾。

丁酉年閏六月初四於河北秦皇島北戴河

注 [一]鷹角倚亭：鷹角亭位於北戴河景區的鴿子窩公園，是觀看日出的最佳地點。

浣溪沙

獨祭大成望杏壇，儒傳萬世子三千，鴻篇論語記眞言。
道貫古今寰宇靜，德侔天地〔一〕九州安。遺風後輩憶心間。

丁酉年閏六月初八於山東曲阜孔廟

注〔一〕德侔天地：古代認爲孔子是前所未有的聖人，其道德和天地齊同、日月同輝。

長相思

瘦西湖，逾西湖。
廿四長橋若麗姝，驚爲天賜圖。
曲溪流，直溪流。
誰解紅樓黛玉鋤〔一〕，葬花解百愁？

丁酉年閏六月初九於江蘇揚州瘦西湖

注

〔一〕黛玉鋤：一九八七版的電視劇紅樓夢，曾在瘦西湖取景。

采桑子

百年烟雨封疆府，迭替匆匆。
幾代梟雄，虎踞江南鬥紫穹。
鼎新革故仁人願，天下爲公。
源遠梧桐，沐雨長青四海榮。

丁酉年閏六月初十於江蘇南京總統府

卜算子

極目望孤山〔一〕，風雨巢湖路。
吹入蘆花雁陣驚，一曲霓裳舞。
童子戲垂綸，穩坐扁舟處。
日暮銀鈎却是空，唯有歡如故。

丁酉年閏六月十一日於安徽合肥巢湖

注〔一〕孤山：即孤山島，位於安徽省合肥市巢湖風景名勝區。

訴衷情

運籌布畫築新城[一]，以逸拒刀兵。
俊傑浩若烟海，誰道滿伯寧[二]？
懷豹略，請長纓，定國傾。
天時誰料，千古一時，獨步群英！

丁酉年閏六月十二日於安徽合肥三國遺址公園

注 [一]新城：三國新城遺址公園，位於安徽合肥，裏面有紀念滿寵戍守新城、抵禦東吳功績的遺址。[二]滿伯寧：滿寵，字伯寧，三國時期魏國名將，官至太尉。

相見歡

汴梁拜謁青天，鏡高懸。
獬豸[一]南衙安座，辨忠奸。
倡正氣，懲污吏，譽清廉。
宦海自當無欲，淡泊安。

丁酉年閏六月十三日於河南開封開封府

注
[一] 獬豸：傳說中的一種神獸，能辨善惡忠奸。

浣溪沙

夕照汴河絢夏花，夢回大宋賞繁華，
神工入畫嘆奇葩。
名作難防鐵騎入〔一〕，烽烟易毁〔二〕萬千家。
心無備慮井中蛙。

丁酉年閏六月十四日於河南開封清明上河園

注〔一〕鐵騎入：北宋徽宗時期，汴梁城池空虚，防護意識淡漠。〔二〕烽烟易毁：汴梁城的建築磚木居多，火災頻發，消防安全是嚴峻問題。

清平樂

昆玉河畔，古道京西遠。
正志篤行[一]，非桂冠，獨具博聞廣見[二]。
創客浩瀚空間，遠足滴水石穿。
少壯言行行果，鑄就明日開顔。

丁酉年七月於首都師範大學附屬中學

注 [一]正志篤行：首師大附中秉持「正志篤行，成德達才」育人理念。[二]博聞廣見：學校堅持「博聞廣見，卓有通識」理念，開展社會大課堂活動。

長相思

雨水流，溪水流。
朝去夕來難解愁，凄風獨倚樓。
月如鈎，心如鈎。
思念悠悠魂罷休，傾心付遠眸。

丁酉年七月初六雨夜於北京

浪淘沙

風雨穀積山，文脈相傳。靜修靈鷲世間禪。鞭塔[一]宋遼多少事，唯見經幡。思緒上青天，鳥影無邊。囤積糧穀[二]恍雲烟。一指清風凝滯步，曲徑通前。

丁酉年七月初九於北京房山穀積山

注

[一]鞭塔：穀積山院塔，建於遼代。[二]糧穀：古代因爲戰事需要，曾經有軍隊在此囤積糧穀，因此得名穀積山。

憶秦娥

耕讀堂，經學故里尋賢良。
尋賢良，殘垣頹壁，己亥之鄉。
落紅半世懂國強，千言下筆出文章。
出文章，曲廊回轉，可奈凄凉！

丁酉年七月十六日於北京西城龔自珍故居

浪淘沙

沉睡有人猿，龍骨山間。一朝駕馭火天然。
荒野茫茫石作劍，夢裏身寒。
先祖幾多難？如鐵志堅。男兒屹立障狂瀾。
三尺龍泉書萬卷，坎坎伐檀〔一〕。

丁酉年七月二十六日於北京房山周口店遺址博物館

注〔一〕坎坎伐檀：用來描述百姓辛勤勞動的場景。

鵲橋仙

泥人彩塑，書坊年畫，古意新潮相映。
海河涌動若流霞，把一盞、鄉情逸興。
河流交匯，東西薈萃，六百年滄桑景。
此中長樂笑功名，始知那、津人心定。

丁酉年八月於天津南開古文化街

南鄉子

舉目望爐膛[一]，十萬雄兵舞焊槍。
壯碩齒輪無限事，滄桑，半世長街變畫廊。
似水舊時光，物是人非淚幾行。
老去鬢毛心未改，出航，快馬疾風走四方。

丁酉年八月於北京朝陽七九八文化藝術區

注 [一]爐膛：七九八藝術區原爲國營七九八廠等電子工廠的老廠區所在地。

卜算子

南下瘦西湖，北上光合谷〔一〕。
碧水沙丘翠葦叢，飄渺扁舟渡。
林海幾回眸，碑刻斑駁路。
結伴沙鷗奔九天，何必人間縛。

丁酉年八月十五日中秋於天津靜海團泊湖

注〔一〕光合谷：位於天津市靜海區團泊新城旅游區。

夜游宫

漢武秦皇畫卷，四百載、幾多沉澱。
小篆石碑再浮現。馬王堆，海昏侯，長木簡。
玉印今消散，却留下、珍饈陳案。
勁麗文辭寓翰苑〔一〕。道流傳，捲波瀾，盛世現。

丁酉年八月末觀國家博物館秦漢文明展後

注〔一〕翰苑：出自唐代王勃上武侍極啓「攀翰苑而思齊，傃文風而立志」，這裏指文翰薈萃之處。

浪淘沙

咫尺望長安，瑰麗廊檐。夜空圓月罩湖間。
銀杏翻黃金遍地，玉骨霜寒。
縹緲入雲端，衣袂翩躚。流光浮豔樂極天。
獨步偏隅幽寂處，歌斷闌珊。

丁酉年九月初於北京國家大劇院

浪淘沙

宏志腹中藏，家世書香。文章節義禮賢邦。散盡千金扶社稷，孤膽勤王〔一〕。一死報國亡，道士〔二〕還鄉？成仁取義氣軒昂。憑吊名節傳百代，正氣流芳！

丁酉年九月十一日夜於北京東城文天祥祠

注 〔一〕勤王：宋德祐元年，元朝軍隊東下時，文天祥散盡家財，招兵訓練，入衛臨安。〔二〕道士：文天祥道號浮休道人。

南鄉子

塔影認通州〔一〕，八角飛檐百丈樓。風起亦趨何所物，椽頭，千串風鈴寄訴求。漕運史悠悠，縱貫京杭日未休。競渡遠帆何處見，回眸，宛轉霓虹伴水游。

丁酉年十月初一聞千年燃燈塔原貌重現而作

注〔一〕塔影認通州：清代詩人王維珍古塔凌雲：「無恙蒲帆新雨後，一枝塔影認通州」。

定風波

北麓陽臺望鷲峰，奇石林立翠蒼迎。跨世姻緣傾心處，康複，與伊似水溢柔情。驟起危機駝駛路[一]。幾度，硝烟彈雨助精兵。濟世之醫擇己墓，千古，奈何异域度殘生。

丁酉年十月初九於北京海淀貝家花園

注

[一]駝駛路：貝熙業大夫在抗戰期間無私援助中國人民，曾開辟自行車「駝峰航綫」爲根據地運送藥品。

少年游

風縈耳畔美無言，戈壁覓資源。
幽深潭水，孤高銀杏，五道夜闌珊。
拓疆尋礦無窮盡，浩氣蕩荒灘。
日曬風吹，雨淋霜凍，何日見君還？

丁酉年十月十六日於中國地質大學

南鄉子

冷雨亦凄惶，紅葉凋零落地霜。
千里罷工風浩蕩，施洋〔一〕，誰道人權夢渺茫？
空手鬥豺狼，信念胸懷利劍光。
子弟恫哭憑吊處，國殤，不負英雄淚兩行。

丁酉年十一月初於北京豐臺長辛店二七紀念館

注 〔一〕施洋：一九二三年，京漢鐵路工人舉行總罷工，施洋是領導者之一，後被軍警殺害。

長相思

繁花落，朔風過。
笑語清茗星照坐，月圓平野闊。
三更臥，流光迫。
堪惜年華多少錯，縱情紙間墨。

丁酉年十一月十四日元旦前夜作

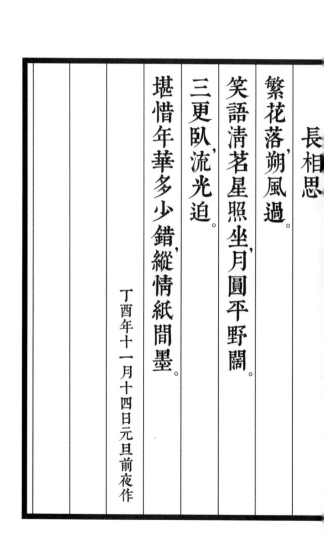

浪淘沙

雙柱欲擎天，龍鳳潺潺。榕王飄帶捲波瀾。
疊水盤龍多秀色，三塔〔一〕新顏。
華夏五千年，萬里江山。合鳴琴瑟舞翩躚。
靈璧奇石經雨雪，未改容顏。

丁酉年十一月十五日元旦於北京朝陽中華民族園

注

〔一〕三塔：指雲南大理崇聖寺三塔，這是建在中華民族園的模型。

點絳唇

玉帶飄飄，月河婉轉無言過。
暗香零落，烟樹今荒漠。
朗朗書生，道是寅時臥。
何容錯，灌叢碩果，致用〔一〕朝天闊。

丁酉年十一月末於北京聯合大學應用文理學院

注〔一〕致用：「學以致用」爲北京聯合大學校訓。

浪淘沙

落寞是絨花，極盛無誇。蕙心鐵骨度芳華。
月下爲君獨自舞，情愫難發。
幾度淚兒擦，遠逝朝霞。浮萍年代路掙扎？
湮沒風霜緣再聚，挽手天涯。

丁酉年十二月初七觀影芳華有感

采桑子

中都勝景[一]悠然地，貧賤何攀。
尊養林泉，沙鳥翔集爲賦閑。
柳橋映月殘荷起，風雪千年。
寒士歡顔，寶塔巍巍欲向天。

丁酉年十二月於北京海淀玉淵潭公園

注

〔一〕勝景：即玉淵潭，其歷史可追溯到金代，是金中都有名的風景區。

長相思

天朦朧，地朦朧。
弄巧纖雲薄霧空，飛星情意濃。
人匆匆，事匆匆。
手撫雕欄望燕鴻〔一〕，傾心明月中。

丁酉年十二月二十九日於北京

注〔一〕燕鴻：暗示情侶之間距離遥遠，很難見面。

戊戌年

定風波

飛雪林中百丈冰，暖陽墜落灑晶瑩。
泉洞清幽天一柱，斗母鳳凰[一]三禮拜君情。
神箭穿雲歸落處。鴨綠[二]，贏得百載四方寧。
歸老告成知宋祖，質樸，先逐殘月再逐星。

戊戌年正月初三於遼寧丹東

注

[一]鳳凰：傳說唐太宗李世民東巡至此，聽聞「鳳凰拜祖」傳說，遂賜此山名爲「鳳凰山」。[二]鴨綠：傳說唐朝「平遼王」薛仁貴爲威懾附屬國，在發射嶺開弓

搭箭，對准鳳凰山振臂一射，箭穿山過入鴨綠江。

十六字令

冰，一夜江河萬里凝。雲天賦，玉骨秀晶瑩。

又

冰，百態翩翩送水驚。餘暉照，一曲爲君傾。

又

冰，道是浮萍若斗星。心中事，朱戶笑相迎。

戊戌年正月初五於流冰之間

少年游

日出東海醉朝霞，長路起黃沙。
風搖松影，寒梅捲雪，何處落飛花？
三杯淡酒仙人府，佇倚戀西斜。
笑我多情，人生百味，萬物早升華。

戊戌年正月初六於京哈高速

卜算子

孤月满冰轮，火树传春意。
謾舞歡歌醉此時，光影隨風起。
惆悵不禁夜，歲歲長相似。
幾許相聞咫尺遥，却是情難寄。

戊戌年正月十五日上元節

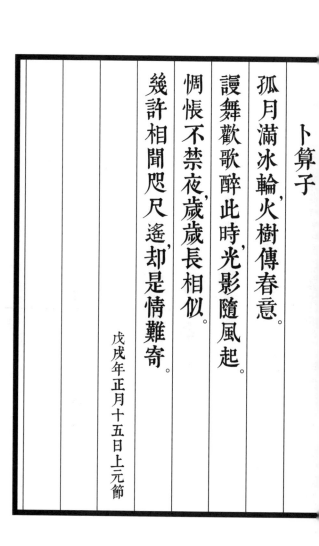

浪淘沙

龍鳳〔一〕侍郎房〔二〕，渤海東方。三河靈塔繞餘香。

九水下梢〔三〕蘆葦蕩，丹鳳朝陽。

一邑盡風光，古棧封疆。法安德潤盛名揚。

安次鳳娘〔四〕如願嫁，納瑞呈祥。

戊戌年二月初一於河北廊坊法治宣教中心

注

〔一〕龍鳳：龍鳳文化，廊坊民俗文化的重要組成部分。〔二〕侍郎房：傳說出生廊坊的呂琦，曾任兵部侍郎，他的住宅被稱爲「侍郎房」，這也成爲「廊坊」地名的由來。〔三〕大次下村：原址坐落於洨河流域中下游，有「大河下村」之稱。〔四〕安次鳳娘：傳說劉秀平亂於安次，遇轉世鳳娘，如願迎娶。

水調歌頭

西海菩提樹，掩隱憫忠間。繁花滿樹似雪，雋美冠宣南〔一〕。古刹巍峨聳立，曾道去天一握〔二〕，蒼莽掛雲端。最古燕京寺，法海匯眞源。貞觀立，欽宗禁，拒降元〔三〕。人生芳穢千載，鐵脊對山川。

血雨複生無懼誓把乾坤力挽壯士未回天

歲月如歌去，欲語已潸然。

戊戌年二月於北京西城法源寺

注

〔一〕宣南：北京市原宣武區南部，現西城區南部地區。〔二〕去天一握：漢代民謠三秦謠中以「去天一握」形容地勢之險峻。〔三〕欽宗禁，拒降元：傳説法源寺曾四禁過被金國擄走的宋欽宗。南宋詩人、抗元名將謝枋得亦曾被拘於此，拒降絕食而死。

菩薩蠻

觀音倒坐伸千手〔一〕，摩尼取靜脫塵垢〔二〕。
龍鳳嘆姻緣，大悲吟賦篇。
數朝風雨後，宮闕繁依舊。
筆墨慕容苑〔三〕，帝王巡境間。

戊戌年三月於河北正定隆興寺

注

〔一〕千手：隆興寺內有一尊高大的銅鑄大菩薩，傳說宋太祖趙匡胤敕令建造，周身四十二臂，又稱「千手千眼觀音」。〔二〕脫塵垢：意爲去濁取清，脫離塵垢。〔三〕慕容苑：隆興寺原是東晉十六國時期後燕慕容熙的龍騰苑。

南鄉子

亂世一清蓮，身許明君篤志堅。
幼主兩扶[一]皆是膽，常山，不負英明萬代傳。
眞定拜容顏，素甲銀槍挺陣前。
却是拒田[二]逾百姓，忠言，未順民心怎聖賢？

戊戌年三月十四日於河北正定趙雲故里

注

[一]幼主兩扶：傳說趙雲曾經兩次救下蜀主劉備之子劉禪。[二]拒田：劉備平定益州後，想把土地分給將士，趙雲諫言應還給百姓以安居樂業。

如夢令

落花春殘日暮，吹徹茵茵深處。
唯念與君時，暗許幾多情愫。
如故，如故，簌簌淚花難駐。

戊戌年三月二十一日於北京萬豐路公園

浪淘沙

蹈勵奮發間，甲子薪傳。繽紛桃李報春源。
匠鑄天工臻化境，逐夢百年。
閱盡愛千帆，仍是青年。幾回魂夢與君緣。
道是嬌音傳耳際，飄渺雲烟。

戊戌年四月初五於北京化工大學

點絳唇

細雨泠泠，一壕江水幽深處。
牽牛錦簇，飄渺雲中霧。
對酒離歌，千里扶貧路。
長亭去，傾情幾許，才智揮荊楚。

戊戌年四月雨夜於右安門橋畔送友赴湖北巴東扶貧

天浄沙

芙蕖未老晨開，露珠無意夕來。

悵望鶼鰈〔一〕互白。

伊人焉在？却留孤影徘徊。

戊戌年四月於北京昌平小湯山療養院

注〔一〕鶼鰈：借指相親相愛的情侶。

點絳唇

入甑高粱，頭掐尾去唯中守。熱醅[一]入篗，未飲飄醇厚。君與舉觴，一斗銷魂口。愁消夠，望重霄九，樂此花前友。

戊戌年六月於北京懷柔二鍋頭酒博物館

注[一]醅：沒有過濾的酒。

少年游

龍山裂隙涌仙泉，雲霧渺茫間。
芙蓉香露，蓮花檐影，童叟戲漁船。
閬苑异草，隨流水，飄渺似神仙。
且任黄昏，倚欄憑吊，守敬念思源〔一〕。

戊戌年六月於北京昌平白浮遺址公園

注〔一〕思源：郭守敬曾經擔任元朝的太史令，他將白浮泉引入北京。

憶秦娥

天梳妝，碧波作鏡雲爲窗。
雲爲窗，潮汐涌動，滿目金黄。
去年播種今還鄉，功名未改人如常。
人如常，如菊心淡，久久餘香。

戊戌年六月十七日凌晨觀日出於河北秦皇島北戴河

卜算子

浩渺現極光，萬里長空路。
誰見夕陽對影約，莽莽黃沙處。
似雪兩沙鷗，却把浮萍渡。
縱有驚濤不願離，料想君之故。

戊戌年六月十八日於河北秦皇島北戴河

長相思

笑雙眸，淚雙眸。鐵杵成針書海游，臨别幾許憂。

春水流，秋水流。廿載韶華歲月稠，少時鸛雀樓。

戊戌年七月送侄女赴北師大新生報到

少年游

赤城山水赤誠沙，日暮咏夕霞。
層巒疊嶂，登雲入地，駿馬躍飛花。
繁星伴我尖峰處，月下建人家。
把酒諸君，秋風起舞，何必羨天涯。

戊戌年七月十五日於河北赤城亞洲第一大石頭

十六字令

秋，一夜蕭蕭暑氣無。低頭瞰，雲海藏曦出。

又

秋，佳色群芳却愛菊。獨思量，陽景勝姑蘇。

又

秋，火樹銀花亮滿都。黎民樂，盛世正當途。

戊戌年八月初十清晨於六里橋畔

武陵春

清露芙蕖留馥郁，瀲灩泛龍舟。
極目東湖百尺樓，淡水愈輕柔。
萬類霜天知落葉，衆裏話豐收。
落地無聲汗水流，明月俏枝頭。

戊戌年八月十五日中秋佳節於天津東麗湖

浪淘沙

南下水湯湯，牧野洋洋。衛河垂釣待君王[一]。
一片丹心同日月，妙計誅商。
世事任悠揚，天壤新鄉。滄桑巨變淚十行。
三尺龍門迎遠客，濁酒幽香。

戊戌年八月二十二日國慶節於河南新鄉

注　[一]君王：傳説新鄉曾經是牧野大戰爆發的地方，民間傳説姜尚垂釣與新鄉有關。

南鄉子

雁塔瞰深秋，軒榭亭廊古韻悠。
流飲曲江〔一〕得意事，出頭，平步青雲冠九州。
單騎走絲綢，未取眞經怎罷休？
願以所學宣寶地，層樓，聖教心經解譯愁。

戊戌年八月二十三日於陝西西安大雁塔

注

〔一〕曲江：唐朝新科進士及第，要在曲江慶祝，把酒杯放在曲流上隨水轉，酒杯流到誰面前就要暢飲，稱爲「曲江流飲」。

采桑子

武周南麓[一]龕窟地，雕塑凌空。
棧道重重，百態千姿鬼斧工。
唐風魏骨悠悠史，詩賦情濃。
一代梟雄[二]，烟鎖佛國水墨中。

戊戌年八月二十四日於山西大同雲岡石窟

注 [一]南麓：雲岡石窟位於山西省大同市武周山南麓。[二]梟雄：指北魏孝文帝，傑出的政治家、改革家。

臨江仙

京師之枕[一]耕耘地，金秋草木葱蘢。藍縷篳路屹西東。順時應大勢，甲子一崢嶸。人至園中多新客，不覺舊日行蹤。誰言黃埔電能中？願言獻故里，砥礪向蒼穹。

戊戌年九月於華北電力大學校慶六十周年現場

注 [一]京師之枕：昌平區位於北京西北部，有「京師之枕」的美稱。

相見歡

運河千里滔滔，水如刀。
遠眺白虹穿日，路迢迢。
龍舟過，花前坐，是逍遙。
多少風情無覓？看今朝。

戊戌年九月初五於北京通州大運河森林公園

鷓鴣天

九日登高會重陽，陶菊遍野耐寒霜。
無名碑處緬先烈，取義成仁正氣揚。
忠魂骨，葬他鄉，一朝圓夢訴衷腸。
腥風血雨今何處，落寞青石猶自殤。

戊戌年九月底於北京西山森林公園無名烈士碑

定風波

萬里黃沙映碧天，烟塵激蕩掃荒原。
白樺穿雲飛花起，戈壁，揚鞭策馬看烏蘭。
公主湖〔一〕邊芳淚洗。棋子，綏圖霸業爲江山。
多少硝烟將相死，一帝，理朝順政古今談。

戊戌年十月初四於內蒙古烏蘭布統草原

注 〔一〕公主湖：位於內蒙古烏蘭布統大草原，相傳康熙皇帝的女兒藍齊格格被迫嫁給噶爾丹，途經此地，悲極而泣，淚流成湖。

南鄉子

佇倚藥王山，金頂仙宮立影前。
天下若臨獨偉岸，歸然莊肅佛光雪域間。
千里嫁長安，漢藏和親〔一〕起鳳鸞。
社稷一家澤後世，嬋娟，任爾蓬萊不複還。

戊戌年十一月於西藏拉薩布達拉宮廣場

注〔一〕和親：唐貞觀十五年，文成公主遠嫁吐蕃，成爲松贊干布的王后，唐蕃自此結姻親之好。

如夢令

冬去春來重整，誰把光陰來贈。
故地話得失，一載枯榮相碰。
追夢，追夢，遥向太清[一]馳騁。

戊戌年十一月二十六日於天津雍陽

注
[一] 太清：天空。

天仙子

三處學堂雙座宇（二），最是光陰留不住。
尋常小巷少年熟，兒時樹，蝶獨舞。
風雨十年求索路。
棋至中盤人所悟，唯有學識寒，耐暑。
功名如水利如烟，風吹去，成今古。
不負韶華耕沃土。

戊戌年臘月二十五日元旦前夕有感於少年求學之路

注

〔一〕三處學堂雙座宇：作者在家鄉天津就讀的梅廠小學、梅廠鎮中、梅廠中學以及先後居住的兩處住宅。

十六字令

年，行李匆匆落照間。雲帆起，新歲盼團圓。

又

年，少長盈門舊事談。歸時晚，詩卷小窗前。

又

年，皓月隨風臥看顏。初嘗醉，今夜夢嬋娟。

戊戌年臘月除夕之夜

己亥年

浪淘沙

飛絮浥纖塵，花落紛紛相思三月入家門。
雲淡風輕天驟冷，草木留痕。
穀日祭星神[一]，神碼[二]情眞順遂蠶事感君恩。
意興竹林誰小憩，穿樹前奔。

己亥年正月初八於北京大雪日作

注[一]星神：正月初八是穀子的生日，即穀日節，有制小燈燃而祭之的習俗。
[二]神碼：祭祀用兩張神碼，一張印著星科、朱雀等，另一張是「本命延年壽星君」。

少年游

白雲深處隱宮苑，仙樂繞青烟。
亭臺有致，三猴不見〔一〕，一氣是根源。
參玄悟道多行善，飄逸智達間。
不榮無所，自然道法，落寞已千年？

己亥年正月初十於北京西城白雲觀

注

〔一〕三猴不見：白雲觀流傳著「神仙本無蹤，祇留石猴在觀中」的傳說。

浣溪沙

縱目元夕月柳梢，銀河燈火影中摇，

人間處處是笙簫。

一路舉兵諸呂亂〔一〕，幾方失算帝權抛。

心静欲止此中招。

己亥年正月十五於北京

注

〔一〕諸吕亂：西漢吕后病故，吕氏集團欲發動政變，齊王劉襄率兵平叛。

采桑子

神鐘在懸覺生寺，立柱攀龍。
佛法尊崇，求雨〔一〕前班社稷榮。
消憂解樂黎民盼，一統西東。
詩話芳蹤，千古風流屬後雄。

己亥年二月於北京海淀大鐘寺古鐘博物館

注〔一〕求雨：據記載，乾隆初年，大鐘寺的前身覺生寺成爲皇帝鳴鐘求雨場所。

長相思

冰山梁，兵山梁。
塞外奇峰雪作裝，一川枯草香。
花天堂，林天堂。
布陣玄石路幾行，誠然悟者王。

己亥年二月於河北赤城冰山梁

浪淘沙

瀲灩映夕陽，燕趙周莊。幽深曲徑落灰霜。

桃李春風花似海，舉目文昌〔一〕。

庇民護國坊，幾度時光。人倫之至勸君嘗。

一盞燒鍋酣醉去，荷酒孰香？

己亥年三月於河北霸州勝芳古鎮

注〔一〕文昌：勝芳歷史上的「三宗寶」，戲樓、牌坊、文昌閣。

南鄉子

塞外玉皇家，春漲壺流[一]霧籠紗。
雲彩翠屏繚繞處，天涯，仙客飛鸞翼翼達。
絕頂任飛花，縱是瓊樓羨落霞。
忘却內心多少事，浮華，沃野桃源坐品茶。

己亥年三月於河北張家口玉皇閣

注［一］壺流：壺流河是河北省蔚縣最大的河流，被譽爲蔚縣的母親河。

菩薩蠻

白雲遠處淸泉有，崢嶸萬木驚榆柳。
奇洞本天然，飲之成上仙。
共修無量久，心淨塵埃去。
善信祈平安，幾時能見還。

己亥年三月於河北張家口雲泉禪寺

十六字令

春，綠葉成陰冷意存。朝曦起，碧水踏無痕。

又

春，豪宕蘇辛譽厚坤[一]。驕陽火，妙筆禦千軍。

又

春，比翼相思兩斷魂。夕曛落，執手戀黃昏。

己亥年三月五日於北京永定河畔

注

[一] 譽厚坤：豪放豁達的蘇軾、辛棄疾用筆贊譽大也。

天净沙

牌匾科舉滄桑，雅風文教石坊〔一〕。子弟寒門曙光。魁星金榜，累官焉爲流芳？

己亥年三月末於北京朝陽科舉匾額博物館

注〔一〕石坊：即科舉門，一座元代漢白玉石坊遺存。

少年游

泉城細雨盛京風，來去太匆匆。
迷茫幾許，君家借問，一日拜雙城。
夕陽相送津門外，且喜故鄉濃。
坐看他山，靜聽夜曲，似與去年同。

己亥年四月於遼寧、山東、天津途中

天淨沙

暮春飛雪浮飄，幾番情動心搖。
奉浼[一]千年甚囂。
爭如靈效，益肝明目爲高。

己亥年四月十二日於北京

注
[一] 奉浼：蒙受委屈。

菩薩蠻

京畿隱稻香湖景，清溪秀御苑仙境。
龍硯醉烟霞，畫橋時落花。
惠風吹我影，何處攀絕頂。
守護燕巢家，客歸遺浣紗。

己亥年五月於北京海淀稻香湖

長相思

黄崖關，懸崖關。
八卦迷魂〔一〕曾戍邊，將軍〔二〕何日還。
金婚圓，新婚圓。
風雨樓臺半世緣，齊眉舉案間。

己亥年六月於天津黄崖關長城賀父母金婚之喜

注〔一〕八卦迷魂：黄崖關城内街道是著名的「八卦街」，也叫「八卦迷魂陣」，易進難出。〔二〕將軍：民族英雄戚繼光曾任薊州總兵，爲長城修築做出貢獻。

浣溪沙

拓我邊疆平四方，披堅執鉞盛名揚，天神祭祀寵君王。

武治文修唯半世，冥婚〔一〕幾度許成湯。巾幗器物此中藏。

己亥年七月觀首都博物館巾幗婦好展覽

注

〔一〕冥婚：據有關資料記載，商王武丁與王后婦好相敬如賓，對於妻子去世難以釋懷。於是，這位開明君主把妻子許給去世已久的先王，認爲祖先會在陰間保護她。

采桑子·三上北戴河

綿綿滄海傾心處，踏雪留痕。
旭日飛塵，莫使游魚暗處尋。
幾回夢裏猶相會，散了浮雲。
咫尺三春，總把新人換舊人。

己亥年七月於河北秦皇島北戴河

浣溪沙

靈雨空山有少陵〔一〕，草根輕吼鬼神驚，太白携手日同行。

吟誦江湖詩聖譽，致君堯舜〔二〕大夫情。孤燈一盞再無星。

己亥年七月於話劇杜甫演出現場

注〔一〕少陵：杜甫，字子美，自號少陵野老。〔二〕堯舜：杜甫的思想核心是仁政，他有「致君堯舜上，再使風俗淳」的宏偉抱負。

一剪梅

萬里黄沙捲巨瀾。天上無邊。地下無邊。
玉都絲路數千年。瓜果奇觀。地毯奇觀。
二十三年話支援。苦亦心甘。累亦心甘。
爍今震古再攻堅。清入和田。廉入和田。

己亥年八月於新疆和田

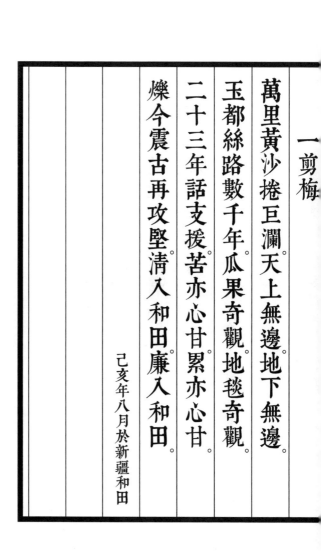

相見歡

良人[一]百戰遼東，血長紅。
終日倚門遙望，總成空。
百姓苦，皇權辱，救蒼穹。
祇願炊烟村落，月明中。

己亥年八月觀話劇袁崇煥有感

注

[一]良人：古時女子對丈夫的稱呼，這裏是袁崇煥妻子的口吻。

臨江仙

雲淡風清中秋夜，天高氣爽如初。問情對坐幾盅無月圓丹桂酒，行樂點紅燭。誰道异鄉爲异客，巴國山水孤獨？二十三載[一]夢中逐。客歸故里後，誰與舊時熟。

己亥年八月十五中秋夜於故鄉

注 [一]二十三載：作者一九九六年進京讀書，距離二〇一九年整整二十三年。

江城子

東方破曉欲天驚。望飛鷹，閱雄兵。
鐵馬金戈，齊步踏連營。
看我長纓槍在手，敵喪膽，展豪情。
山河破碎似浮萍。定盤星（一），笑相迎。
航啓南湖，逐夢向前行。
壯闊波瀾抒畫卷。風正勁，歲長青。

己亥年九月於北京天安門新中國成立七十周年閱兵現場

注

〔二〕定盤星 指堅定的理想信念，馬克思主義就是「定盤星」。

如夢令

不惑已隔三載，唯願金樽康泰。
風起走園博，誰道碧湖爲海？
猶在，猶在，正是泛舟華彩。

己亥年九月於天津南湖綠博園

武陵春

長卷千席歌盛世，歲歲話重陽。
沐雨疾風代代强，傲骨若菊霜。
眺遠登高秋志暢，正可敬炎黄。
左右輿圖[一]覓故鄉，孝義在，世澤長[二]。

己亥年九月於北京農業展覽館

注

[一]輿圖：出自史記·三王世家，這裏指地圖。[二]世澤長：家族繁衍興旺。

采桑子

初冬猶勝三春暖，薄霧初出。月下長陽，宛宛霓虹吐彩珠。

耕耘半載元元[一]處，漫捲三蘇。遠事千年，坐看江山萬卷書。

己亥年十月二十八日於北京房山長陽

注[一]元元：老百姓。

少年游

紅旗漫捲入熔爐，書院美如初。
賢才俊彥〔一〕，同儕〔二〕論道，興盡滿京都。
芳華過眼初心夢，宦海慕鴻儒〔三〕。
今日當年二十二載，坦蕩再馳逐。

己亥年十一月十七日入黨二十二周年紀念日於北京市委黨校

注〔一〕俊彥：才智出衆的人。〔二〕同儕：指與自己在年齡、地位、興趣等方面相近的平輩。出自左傳·僖公二十三年。〔三〕鴻儒：博學的人。出自東漢王充論衡·本性。

破陣子

落葉四方凋瑟，飛花一夜稠濃。
拭去浮塵滌萬里，捲入雲霄蕩九重。
凄凄冬意容。
到處柏松鬱盛，枝拂傲骨崢嶸。
物換星移思舊事，如畫獨行吟醉中。
故園有幾公？

己亥年十一月二十一日於北京

水調歌頭·揚帆

盛世七十載，聖地薈群英。
勸學掠燕湖畔，逐夢且同行。
莫使光陰流逝，多有夙興夜寐，業業必兢兢。
鍾煉促學處，同硯〔一〕至交情。
立宏志，安社稷，念蒼生。
整裝上陣當下，仗劍斬棘荊。
儕輩兼修內外，又獲神清氣爽，如炬盡才情。

淬火成鋼日，華夏看中興。

己亥年十一月贈於中央黨校

注

〔一〕同硯：即同學，出自漢書·張安世傳。

一剪梅·二〇一九

汗漫烏雲幸未通。來也匆匆。去也匆匆。
莫名沉醉霧嵐中。心上相擁。祖上相擁。
金樽會友奔西東。耳似失聰。智似失聰。
亂局欲散寥情濃。逍也從容。遥也從容。

己亥年十二月初六於北京

訴衷情

紛紛瑞雪暖窗紗，月起誕凡娃。
恩榮生命天賜，從此育蓮花。
辛苦事、惰難達，履平沙。
無災無難，何必公卿〔一〕，不負韶華！

己亥年十二月十一日爲兒子十五周歲生日而作

注〔一〕無災無難，何必公卿：蘇軾在洗兒中寫道「唯願孩兒愚且魯，無災無難到公卿」，意思是祇希望自己的兒子愚笨遲鈍，沒有災難禍患，而能夠官至公卿。

天淨沙

晨曦赫赫初出，
落霞相送歸途，
走過花間幾許。
心牽荊楚，
疫情天佑通衢。

己亥年十二月二十八日於京哈高速公路

庚子年

卜算子

醫者有仁心，國難出良將。
南下金戈號角聲，逆水逐風浪。
萬衆克時艱，誓把疫魔綁。
戮力同心奮戰時，祇盼君無恙。

庚子年正月初二聞北京醫護人員赴武漢奮戰疫情一綫

菩薩蠻

神州肆虐陰霾籠，蒼生色變肝腸痛。
千戶覓良方，舉國誅孽忙。
脊梁情義重，來日春潮涌。
萬衆共興邦，遠方出曙光。

庚子年正月初五於京哈高速公路

少年游

早來風起是春歸，舊夢任心飛。
宦海入納，一十六載，揚善未嫌遲。
鸚哥籠中眞名世，人語有窮期。
樂盡天眞，朗如日月，猶似少年時。

庚子年二月十二日於北京豐臺

蘇幕遮

疫情殤，荆楚地。
肆虐横行，咫尺陰陽系。
號令巾幗凝正氣。鐵馬金戈，不遜須眉力。
獻仁心，謀診治。
大愛無疆，苦戰誰言悔？
戮力同心神鬼泣。品物皆春，壯舉千秋記。

庚子年二月十五日國際婦女節於北京房山

南鄉子

客送淚千行，黃鶴樓前複暖陽。回首逆行多少夜，方艙，懷我丹心濟世方。

風雨任張揚，百日誅魔喜欲狂。待到凱旋君未見，神傷，悵戀櫻花莫斷腸。

庚子年二月二十四日聞醫護人員返京

畫堂春

繁星隕落蘊蒼凉，誰言短暫無光。
俯身遥祭泣聲長。安好他鄉。
懷遠追思祖上，白菊輕訴衷腸。
清明參透淚成雙。歲月如常。

庚子年三月十二日清明於北京永定河畔

海棠春

漫山遍野春花放，却未見、熙來攘往。
險隘勢蜿蜒，萬仞烟回蕩。
置身垛口軍前望，似聽那、殺聲爆響。
試問守城人，正義焉能擋？

庚子年三月十四日於北京懷柔水長城

謁金門

潤萬物，三月人間穀雨。
獨自閨中生幾許，綿綿韶華路。
簾外椿芽數度，與我此間相處。
滿地落花空自舞，斷腸春難續。

庚子年三月二十七日於北京六里橋

荷葉杯

春種幾株楸樹，壅土。
荒野化桃源，料得仙鳥宿林間。
相見歡，相見歡。

庚子年四月初二於北京豐臺南苑森林濕地公園

河傳

遠處，十畝，鬱金香。七彩燃情豔妝，五十六株聚一堂。翺翔，桃源迷鳳凰。溝壑縱橫曾寂寥，人漸少，心下多煩惱。悅今朝，陰霾逃。出招，落槐聞浪潮。

庚子年四月十一日於北京豐臺永定河綠色港灣

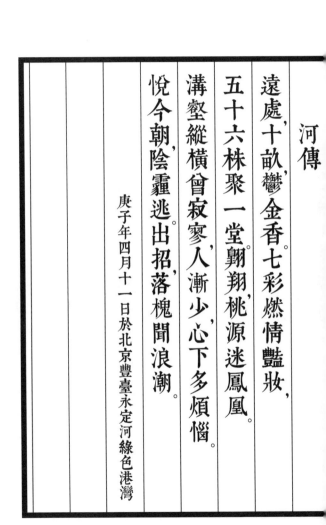

南歌子

望斷歸鄉路，飛鴿獻壽康。
庭院品花香，不愁顏色老，慢時光。

庚子年四月十八日母親節於北京房山長陽

荷葉杯

暮夏與君初見，鏖戰，是同窗。

未知重聚却空願，腸斷，怨無常。

庚子年四月二十五日於北京念初中同窗

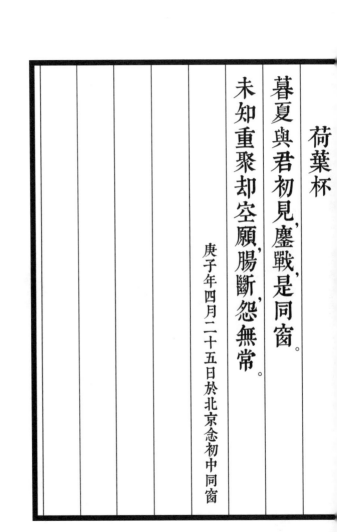

紅窗迥

雙燕飛，殘夢退。午後却風起，驟凉骨裏。
窗外落花碾碎，路人誰惦記。
半季浮沉才轉瞬，去己心問訊，如今醒未？
不報春光嬌媚，怎叫一個悔！

庚子年閏四月初二於北京豐臺

眼兒媚

橋下黃昏似秋寒，高處倚闌干。
兩行飛鳥，揚帆雲影，何處青山。
燕臺走馬今猶在，手撫話當年。
花開花謝，欲說還止，朝暮塵寰。

庚子年閏四月十六日於北京永定河畔

南鄉子

淬火煉眞金，彪炳乾坤泣鬼神。
回首百年風雨路，安民，興廢存亡話古今。
紅色喚初心，一縷清風月下吟。
自是旅途求萬卷，追尋，莫受塵埃半點侵。

庚子年五月十一日於北京麗澤橋賀建黨九十九周年

後記

出版這樣一本詩詞集，還是需要一些勇氣的。用誠惶誠恐來形容似乎更恰當。給自己找了三個理由：

學習先賢。生活不止眼前的苟且，還有詩詞和遠方。遠方遠方有多遠，蘇東坡、辛棄疾、李清照、納蘭容若這些自己打小的偶像，最近的距離也有三百多年。但他們的詩詞，每天都陪伴身邊。文章千古事，得失寸心知。我覺得，偉大的詩詞是天才創造的，難以望其項背。但是，詩意却可以屬於每一個追求眞善美的靈魂。

記錄生活。到這個年齡，走過了不少地方，也經歷了很多人和事。山中何事？松花釀酒，春水煎茶。勁草集每一首詞的背後，或是自己幾年來經歷的事或是對人生對感情、對事業的看法。從現實中體悟美，用古詩詞來記錄新時代的生活。這樣一來，就連尋常烟火的日子，亦能過得有滋有味。

修身養性。讀詩詞，寫詩詞，自己不僅拓寬了視野，同時在紛繁世事中克服浮躁之氣，保持清醒的頭腦和良好精神狀態。欣賞幽美宜人的景，體會悠然自得的情。誰說一生非得轟轟烈烈？唯願此心平和淡定。最愜意的生活，莫過於回歸大自然的懷抱，一杯茶，一本書，一縷細風，無拘無束。

報答春光知有處，應須美酒送生涯。

我的老上級，也是老朋友遠山老師，在中直機關工作多年，有名的詩人，在百忙之中撰寫序言，多次修改，令我頗爲感動。

從事文物監管的磕山老師，常與我分

享詩詞心得贈送我非常喜愛的納蘭詩詞集，鼓勵我搞好創作。

戴時焱老師建議詞集按時間排序，他認爲這樣可以更全面地反映我不同階段的心路歷程。

北京燕山出版社夏豔社長，面對面和我熱情交流，她根據詞集的內容，對格式、風格和裝幀提出了非常好的意見。

感謝我的愛人、兒子、親人、知己和朋友，他們陪伴我走過太多的地方，這是創作不可或缺的素材。

感謝我的領導和同事，他們的專業技能和融洽相處，讓我能夠以快樂的心態去思考工作和生活。

感謝這個偉大的時代，它激發了我創作的靈感和源泉，即便這些祇是微不足道的毫末但畢竟是內心情感的抒懷和立意的表達。

年少喜歡詩詞，轉眼已是不惑。但從未慨嘆時光匆匆，因爲每天我都會向著朝霞，向著落日，向著蔚藍的天空和靜謐的星空，向著高遠、純粹、精神、光芒，向著時間的方向，永恒眺望。

圖書在版編目（CIP）數據

勁草集 / 高明著 . — 北京：北京燕山出版社，2020.7

ISBN 978-7-5402-5812-2

Ⅰ. ①勁… Ⅱ. ①高… Ⅲ. ①詩詞—作品集—中國—當代 Ⅳ. ① I227

中國版本圖書館 CIP 數據核字 (2020) 第 190202 號

ISBN 978-7-5402-5812-2

書　　名：勁草集
作　　者：高　明
責任編輯：劉朝霞　馬天嬌
出版發行：北京燕山出版社有限公司
社　　址：北京市豐臺區東鐵匠營葦子坑 138 號
郵　　編：100079
電話傳真：86-10-65240430（總編室）
印　　刷：北京富誠彩色印刷有限公司
開　　本：710mm×1000mm　1/32
字　　數：24 千字
印　　張：5.5
版　　次：2020 年 11 月第 1 版
印　　次：2020 年 11 月第 1 次印刷
書　　號：ISBN 978-7-5402-5812-2
定　　價：88.00 圓